10 Juin 1911

VENTE
Du Samedi 10 Juin 1911
HOTEL DROUOT, SALLE N° 9
A DEUX HEURES

PORCELAINES ANCIENNES

Important service de 300 Pièces

EN ANCIENNE PORCELAINE TENDRE

DE CAPO DI MONTE

Le tout appartenant à M. X...

COMMISSAIRE-PRISEUR
Me Eugène BAILLY
EXPERTS
MM. PAULME & B. LASQUIN Fils

CATALOGUE

DES

Porcelaines Anciennes

DE

Capo di Monte, Naples, Chine, Japon,
Compagnie des Indes, Paris, Saint-Cloud, Saxe,
Vienne, Zurich. Biscuits

IMPORTANT SERVICE DE 300 PIÈCES

EN PORCELAINE TENDRE DE CAPO DI MONTE (18e SIÈCLE)

PAIRES DE POTICHES ET CORNETS EN PORCELAINE DE CHINE,
FAMILLE ROSE

DEUX PAIRES DE CACHE-POTS EN VIEUX JAPON

Paire de brûle-parfums en ancienne porcelaine tendre et blanche de Saint-Cloud

SUCRIER EN ANCIENNE FAÏENCE DE MARSEILLE

Le tout appartenant à M. X...

Dont la Vente aux Enchères publiques aura lieu

HOTEL DROUOT, SALLE N° 9

LE SAMEDI 10 JUIN 1911

A DEUX HEURES

COMMISSAIRE-PRISEUR	EXPERTS
Me Eugène BAILLY	MM. PAULME et B. LASQUIN Fils
9, rue Notre-Dame-des-Victoires	10, rue Chauchat | 11, rue Grange-Batelière

Chez lesquels se distribue le présent Catalogue

EXPOSITION PUBLIQUE

Le Vendredi 9 Juin 1911, de 1 h. 1/2 à 6 heures

CONDITIONS DE LA VENTE

Elle sera faite au comptant.

Les adjudicataires paieront *dix pour cent* en sus des enchères.

L'exposition mettant le public à même de se rendre compte de l'état et de la nature des objets, aucune réclamation ne sera admise une fois l'adjudication prononcée.

Paris — Imp de l'Art. Cᴴ. Bᴇʀɢᴇʀ, 41, rue de la Victoire.

DÉSIGNATION

PORCELAINES ANCIENNES

DE LA CHINE

COMPAGNIE DES INDES ET DU JAPON

1 — Quatorze assiettes dont une creuse en ancienne porcelaine du Japon, décors variés en rouge, bleu et or.

2 — Neuf assiettes en ancienne porcelaine du Japon, deux modèles, décor en rouge, bleu et or : fleurs et palmiers.

3 — Quinze assiettes dont deux creuses en ancienne porcelaine du Japon, décor de branchages fleuris en rouge, bleu et or, rinceaux bleus.

4 — Sept assiettes en ancienne porcelaine du Japon, décors analalogues aux précédentes, avec insectes.

5 — Vingt-cinq assiettes dont cinq creuses et deux compotiers en ancienne porcelaine du Japon, décor de rochers, arbustes fleuris, roseaux; motif à fond quadrillé au marli en rouge, bleu et or.

6 — Neuf assiettes en ancienne porcelaine du Japon, décor de fleurs et bambou en rouge, bleu et or, deux avec décor différent.

7 — Sept plats et un compotier ronds, de grandeurs différentes, en ancienne porcelaine du Japon, décors variés en rouge, bleu et or. (Sera divisé.)

8 — Trois plats ronds en ancienne porcelaine du Japon, décor de fleurs et kakémono déplié en rouge, bleu et or.

9 — Cinq assiettes creuses en ancienne porcelaine du Japon, décor de fleurs et arbuste en rouge, bleu et or et émaux de couleurs.

10 — Douze tasses et leurs soucoupes en ancienne porcelaine du Japon, décor d'arbustes fleuris en rouge, bleu et or.

11 — Cinq tasses et quatre soucoupes en ancienne porcelaine du Japon, décor de rochers et arbustes fleuris en rouge, bleu et or.

12 — Une théière, deux pots à lait, une tasse et deux soucoupes en ancienne porcelaine du Japon, décors variés en rouge, bleu et or.

13 — Trois bols dont une paire à bord plat en ancienne porcelaine du Japon, décor de fleurs en rouge, bleu et or.

14 — Grande soupière ronde avec son couvercle en ancienne porcelaine du Japon, décor de fleurs et réserves en rouge, bleu et or.

15 — Petite soupière ovale avec son couvercle en ancienne porcelaine du Japon, décor de fleurs en rouge et or, lambrequin et paysage en bleu.

16 — Six pots couverts en ancienne porcelaine du Japon, décor de fleurs en rouge bleu et or.

17 — Sucrier couvert et deux soucoupes en ancienne porcelaine du Japon, décor de fleurs en réserves en rouge, bleu et or.

18 — Deux paires de cache-pot de forme cylindrique à anses coquilles en ancienne porcelaine du Japon, décor en rouge, bleu et or : fleurs, feuillages et fruits ; bordure à fond caillouté bleu.

19 — Quatre bols de différentes grandeurs dont une paire de petits avec couvercles en ancienne porcelaine de la Compagnie des Indes, décors variés en bleu et couleurs. (Sera divisé.)

20 — Sept assiettes dont quatre creuses en ancienne porcelaine de la Compagnie des Indes, décors de bouquets de fleurs en émaux de couleurs.

21 — Grand plat creux et rectangulaire en ancienne porcelaine de la Compagnie des Indes, décor bleu.

22 — Six tasses et soucoupes en ancienne porcelaine de la Compagnie des Indes, décor de bouquets de fleurs en camaïeu rose et rehauts d'or.

23 — Huit tasses et soucoupes en ancienne porcelaine de la Compagnie des Indes, décor de branches de fleurs en émaux de couleurs.

24 — Petit bol et sa soucoupe de forme octogonale en ancienne porcelaine de Chine décorée en émaux de couleurs de fleurs en réserve sur fond blanc alternant avec fond vermiculé brun.

25 — Paire de compotiers ronds en ancienne porcelaine de Chine, décorée en émaux de couleur de la famille verte : vase de fleurs et arbustes fleuris ; bordure à rinceaux de feuilllages et fleurs.

26 — Trois assiettes dont deux creuses en ancienne porcelaine de Chine, décors variés en émaux de couleurs : pagodes personnages et fleurs.

27 — Paire de vases-cornets en ancienne porcelaine de Chine, décorés de fleurs et arbustes en émaux de la famille rose et rehaut de dorure.

28 — Paire de potiches en ancienne porcelaine de Chine, décor analogue au numéro précédent.

29 — Paire de potiches, de forme et décor semblables aux précédentes.

30 — Paire de bouteilles à col à renflement en ancienne porcelaine de Chine, décorées de carpes et bouquets de fleurs en couleurs et dorure. Monture et bouchons en argent.

PORCELAINES ITALIENNES

CAPO DI MONTE ET NAPLES

3ı — Deux pots à crème et trois burettes en ancienne porcelaine blanche de Naples.

32 — Paire de flambeaux de style antique, à colonne cannelée et base trépied, en ancienne porcelaine blanche et tendre de Naples.

33 — Tasse droite et sa soucoupe en ancienne porcelaine tendre de Naples, décor de bouquets de roses en couleurs.

34 — Service à café, comprenant : une cafetière, un sucrier, un pot à lait, six tasses et six soucoupes en ancienne porcelaine, décoré de personnages dans des réserves en costumes des différentes provinces d'Italie, avec inscriptions. Commencement du xıxe siècle.

35 — Service à café tête-à-tête, comprenant : un plateau ovale, cafetière, pot à lait, sucrier couvert et deux tasses en ancienne porcelaine, décor de bouquets de fleurs en couleurs sur fond d'or mat, filet et rinceaux en dorure. Commencement du xıxe siècle.

36 — Service à café solitaire, comprenant : un
plateau carré, une cafetière, un pot à lait, un
crémier, un sucrier couvert et une tasse et sa
soucoupe en ancienne porcelaine, à décor de
paysages d'Italie en couleur avec inscriptions
en italien, rinceaux, feuillages et filets dorés.
Commencement du XIXe siècle.

37 — Service à café, comprenant : une grande
cafetière, un sucrier couvert, douze tasses et
douze soucoupes en porcelaine, à décor de
paysages d'Italie et vues de Pompeï, avec
inscriptions ; bordure dorée. Commencement
du XIXe siècle.

38 — Sucrier couvert, deux tasses et leurs soucoupes en ancienne porcelaine de Naples,
décor de paysages en camaïeu bistre.

39 — Service à café, comprenant : un sucrier
couvert et douze tasses et soucoupes en porcelaine, décoré de sujets d'après les fables
de La Fontaine ; bordure à filet doré. Commencement du XIXe siècle.

40 — Statuette de Brighella en ancienne porcelaine blanche et tendre de Capo di Monte.

41 — Cinq statuettes dont trois de femmes en ancienne porcelaine blanche et tendre de Capo di Monte. (Sera divisé.)

42 — Importante statuette de sainte Madeleine en extase en ancienne porcelaine blanche et tendre de Naples ; porte la marque : *G. Grier*, en creux.

Haut., 49 cent.

43 — Importante statuette de sainte femme debout et drapée en ancienne porcelaine blanche tendre de Naples.

Haut., 48 cent.

44 — Plat à barbe et pot à eau en ancienne porcelaine tendre de Naples, décor de fleurettes.

45 — Un sucrier couvert et quatre tasses avec leurs soucoupes en ancienne porcelaine tendre de Naples, décor de guirlandes de roses et pois bleus.

46 — **Important service en ancienne porcelaine tendre de Capo di Monte,** comprenant :

A. Deux soupières avec couvercles, le bouton formé d'un groupe : homme terrassant un lion, et à deux anses rinceaux.

B. Deux légumiers avec couvercles, les boutons formés d'un aigle, et deux anses à mascarons tête d'homme.

C. Deux légumiers avec couvercles, bouton-pomme de pin et godronné.

D. Un petit légumier avec couvercle, le bouton formé d'un lapin.

E. Deux saladiers à deux anses.

F. Huit seaux à glace ou vases à fleurs à pieds.

G. Quatre rafraîchissoirs à verres, deux ovales et deux ronds.

H. Deux rafraîchissoirs à fruits avec couvercles.

I. Dix compotiers ronds.

J. Deux saucières avec présentoirs ovales.

K. Trois huiliers.

L. Douze salières, modèles différents.

M. Treize grands plats ronds.

N. Vingt-trois plats ronds plus petits.

O. Huit grands plats ovales.

P. Cinq plats ovales plus petits.

Q. Quatre vingt-six assiettes plates.

R. Trente-six assiettes creuses.

S. Soixante-deux assiettes creuses plus petites.

T. Vingt-huit tasses à café avec soucoupes.

Le tout à décor de fleurettes ou roses en couleurs avec quelques légères différences dans le décor et les formes. (Pourra être divisé.)

FAIENCES ET PORCELAINES
DIVERSES

47 — Sucrier de forme ovale et contournée avec couvercle, le bouton formé d'une rose, en ancienne faïence de Marseille, à décor de bouquets de fleurs en couleurs. Marque *V. P.*

48 — Petit sucrier à deux anses, couvercle et son présentoir en ancienne porcelaine blanche de Saxe, décor en relief de branchages de fleurs.

49 — Quatre petites tasses sans anses, et à godrons en ancienne porcelaine de Vienne, décor de fleurs en camaïeu rose.

50 — Service à café solitaire, comprenant : un plateau à bord à vannerie ajourée, une cafetière, un pot à lait, un sucrier, une tasse et sa soucoupe en ancienne porcelaine de Vienne décorée en dorure sur fond gros bleu.

51 — Paire de vases forme tulipe à anses feuillagées en ancienne porcelaine de Zurich décorée de bouquets de fleurs en couleurs.

52 — Paire de vases brûle-parfums de forme ovoïde avec couvercle ajouré en ancienne porcelaine, pâte tendre émaillée en blanc de Saint-Cloud, richement décorée en relief de branchages de rosiers. Marque en creux dans la pâte.

53 — Deux tasses et quatre soucoupes en ancienne porcelaine.

54 — Tasse mignonnette et sa soucoupe en ancienne porcelaine de Paris, décor de guirlandes de feuillages et filets en dorure.

55 — Quatre petits bustes d'Empereurs romains en ancien biscuit.